GUÍA DE LECTURA

Escrita por Nathalie Roland
Traducida por Laura Soler Pinson

Emilio, o de la educación

de Jean-Jacques Rousseau

Entiende fácilmente la literatura con

ResumenExpress.com

www.resumenexpress.com

JEAN-JACQUES ROUSSEAU

ESCRITOR, FILÓSOFO Y MÚSICO GINEBRINO

- **Nacido en 1712 en Ginebra (Suiza)**
- **Fallecido en 1778 en Ermenonville (Francia)**
- **Algunas de sus obras:**
  - *Julia, o la nueva Eloísa* (1761), novela epistolar
  - *Emilio, o de la educación* (1762), tratado sobre la educación
  - *Ensoñaciones del paseante solitario* (entre 1776 y 1778), reflexión filosófica

Jean-Jacques Rousseau es uno de los pensadores más ilustres del Siglo de las Luces y uno de los padres espirituales de la Revolución francesa. Nacido en Ginebra en 1712, atraviesa una juventud agitada en la que ejerce diferentes profesiones, como preceptor o copista. En París, Rousseau se relaciona con los filósofos ilustrados y alcanza la gloria en 1750 con su *Discurso sobre las ciencias y las artes*, en el que desarrolla lo que será el tema central de sus reflexiones: el hombre es bueno y feliz por naturaleza, es la sociedad la que lo corrompe y lo vuelve desgraciado. A esta obra le siguen otras muy importantes, como *El contrato social* (1762) o *Emilio, o de la educación* (1762). Son consideradas subversivas, por lo que rápidamente se las condena y prohíbe. Rousseau se ve obligado entonces a una serie de exilios que lo alejan de Francia hasta 1769. Presa de un sentimiento de persecución, dedica la última parte de su vida a obras autobiográficas: *Las confesiones* (redactada en 1765-1767) y *Ensoñaciones del paseante solitario* (redactada entre 1776 y 1778). Muere en soledad en 1778.

EMILIO, O DE LA EDUCACIÓN

UN MODELO EDUCATIVO BASADO EN LA FILOSOFÍA ILUSTRADA.

- **Género:** ensayo
- **Edición de referencia:** Rousseau, Jean-Jacques. 1985. *Emilio, o de la educación*. Traducido por Luis Aguirre Prado. Buenos Aires: EDAF. E-book en PDF
- **Primera edición:** 1762
- **Temáticas:** educación, naturaleza, moral, inteligencia, sociedad, religión

Ya desde su publicación, en 1762, el Parlamento de París condena *Emilio, o de la educación*. En esta obra, Rousseau desarrolla sus preceptos educativos imaginando un personaje ficticio, Emilio, del que se erige como preceptor. A pesar de que el filósofo presenta su tratado educativo como un «conjunto de reflexiones y observaciones, sin orden y casi sin continuidad» (Rousseau 1985, 31), el libro está bastante estructurado: está dividido en cinco partes que recorren las distintas edades de la vida (infancia, niñez, preadolescencia, adolescencia y adultez). Rousseau, que se basa en ejemplos concretos, en reflexiones más teóricas y en ideas que provienen de autores antiguos, nos revela un nuevo concepto educativo centrado en la naturaleza, que tiene como objetivo formar las capacidades físicas, intelectuales y morales del niño.

RESUMEN

PRÓLOGO

En esta obra, basada en las reflexiones y observaciones de Rousseau, el autor se concentra en la práctica y se interesa por el niño, para el que quiere una educación adecuada.

LIBRO I – LA INFANCIA

Según el autor, la educación debe ser natural y tiene como objetivo la libertad. En su opinión, aunque el papel de la madre es esencial en los primeros años, sobre todo en lo que respecta a los aprendizajes fundamentales, es el padre quien tiene la responsabilidad de educar al niño. Pero también se puede encargar esa tarea a un preceptor, del que Rousseau nos describe las cualidades ideales: joven, bien educado y que no muestre interés por el dinero.

Tras haber presentado a su alumno imaginario, Emilio, un huérfano de origen social elevado, el autor vuelve a hablarnos de las decisiones importantes que se deben tomar con respecto al niño: el aya y el lugar de residencia. A continuación, explica que el recién nacido tiene sensaciones y necesidades que no puede satisfacer porque es débil. Sus lloros manifiestan su incapacidad para saciar unos deseos que son necesarios para él. Así, Rousseau da consejos sobre cómo se debe reaccionar ante los lloros.

LIBRO II – LA NIÑEZ

Tras haber presentado el carácter del niño, Rousseau avisa: «[...] El medio más seguro para hacer miserable a vuestro hijo [es] acostumbrarle a obtenerlo todo» (Rousseau 1985, 93). De esta manera, el niño no debe estar mimado y debe obtener lo que pide, pero no para que cesen sus lloros o para satisfacer un capricho, sino porque lo que reclama es necesario para él. Para hacerle entender algo, hay que adoptar el argumento de la necesidad: el niño obedece porque sabe que es necesario.

Según Rousseau, la primera educación es una educación negativa que intenta proteger el carácter natural contra los vicios externos: la cultura se limita a ciertos ámbitos muy definidos, se preparan el uso de la razón y la adquisición de conocimientos, pero no se utilizan de manera precoz. El niño debe iniciarse en el aprendizaje a través de la experiencia, sobre todo en lo que respecta a principios como la propiedad o la mentira.

El niño almacena rápidamente en su memoria, pero no ejercita su razonamiento. Sin embargo, mientras no se forme este último aspecto, Rousseau considera que le niño no tiene realmente memoria: retiene sonidos e imágenes, pero no las ideas ni la relación entre ellas. Por lo tanto, el autor critica una educación basada únicamente en las palabras: aprender idiomas, geografía o historia carece de todo interés. En su lugar, propone una educación que se centre en el desarrollo de los sentidos. Para desarrollar el tacto, imagina juegos nocturnos. Para la vista, crea retos para aprender a evaluar el tamaño o la distancia. El dibujo y la geometría también son buenos ejercicios. Para el oído, sugiere que se sensibilice al niño a la música y al canto. Para el gusto, se trata de aprender a reconocer los alimentos, siempre dando preferencia a una alimentación sencilla y sin carne. El olfato, que está sobre todo relacionado con la imaginación, todavía no está muy activo a estas edades.

LIBRO III – LA PREADOLESCENCIA

La preadolescencia es la edad de la debilidad por el desequilibrio entre la fuerza del niño y sus deseos. Sin embargo, para Rousseau, es el «tiempo más precioso de la vida» (Rousseau 1985, 188), y debe consagrarse al estudio.

En primer lugar, el autor da prioridad al estudio del cielo y de la tierra a través de la observación de los fenómenos naturales y el descubrimiento de la geografía terrestre. A continuación, construye con su alumno una brújula y, progresivamente, se adentra en los principios de la física. Al iniciar a su alumno en la fabricación de objetos, Rousseau le aporta mucho: «tiende a pensar cuando cree que no es más que un operario» (Rousseau 1985, 190).

Después, hay que enseñarle a formar un juicio crítico comparando opinión y verdad. También debe aprender un oficio, puesto que «trabajar es una obligación indispensable [para el hombre social]» (Rousseau 1985, 225). Para terminar su educación, habrá que enseñarle igualmente a «perfeccionar la razón por el pensamiento» (Rousseau 1985, 233), dado que el error viene de nuestros juicios.

LIBRO IV – LA ADOLESCENCIA

En la adolescencia, Emilio nace por segunda vez, puesto que se abre a las relaciones humanas. Rousseau describe los cambios físicos y psicológicos característicos de este periodo. Por una parte, se concentra en el descubrimiento de la sexualidad y, por otra parte, en el surgimiento del sentimiento de pena. Para Rousseau, el adolescente se apega a otros seres humanos a través de la pena. Gracias a este sentimiento, el preceptor trata nociones morales como el reconocimiento, la conciencia, la justicia y la bondad.

Para encontrar su lugar, el adolescente se compara con ejemplos históricos y empieza a aprender el funcionamiento de la sociedad. El filósofo insiste sobre la práctica: «únicamente haciendo el bien es como se llega a ser bueno» (Rousseau 1985, 287). Emilio ha sido educado para amar la paz en el pacifismo.

En lo que respecta a la religión, Rousseau relata la profesión de fe del vicario saboyano. El vicario explica el proceso que lo ha llevado a descubrir la presencia de Dios en todas las cosas. Tras este discurso, el autor describe los efectos positivos de esta historia en el adolescente: la religión le permite dirigirse directamente a su corazón e inculcar en él la virtud.

A continuación, Rousseau establece una comparación entre las distintas religiones. Recalca el hecho de que los ritos son una cuestión de forma. Gracias a un breve diálogo entre un inspirado y un razonador, critica la autoridad, los milagros y la gracia que se desmoronan ante los argumentos lógicos de la razón. Rousseau cree que para encontrar la religión buena, hay que analizarlas todas. No obstante concluye que el único libro «abierto a todas las miradas» (Rousseau 1985, 354) es la naturaleza, el único lugar para adorar a Dios. En resumen, no rechaza ninguna religión y predica la tolerancia.

Visto el cambio de Emilio, Rousseau adopta una actitud nueva con él: ya no es su preceptor, sino su discípulo. En este punto, el adolescente se ve confrontado a la búsqueda de una pareja y a su entrada en sociedad. Gracias a Rousseau, «Emilio se enorgullece de [...] someterse al yugo de la razón» (Rousseau 1985, 364): es sencillo, atento y sociable. Solo queda educar el gusto del adolescente. Rousseau lo lleva a espectáculos y le muestra cuadros, con lo que le enseña a «que sienta y ame la belleza» (Rousseau 1985, 398), siempre sin alejarse de la naturaleza.

LIBRO V – LA ADULTEZ

Sofía o la mujer

En esta parte, el autor nos habla acerca de la educación que se debe dar a las mujeres, y para ello, toma el ejemplo de Sofía, la compañera de Emilio. Rousseau considera que la mujer debe saber escribir, contar, coser, gustar a través del canto o del baile, mostrarse alegre y ser inteligente. Critica la educación ofrecida en los conventos.

A partir de ahí, indica cómo debe preparar un padre a su hija cuando esta entra en la vida de mujer. Rousseau insta a los padres a que dejen que su hija decida libremente, puesto que «toca a los esposos escogerse» (Rousseau 1985, 462).

Volvemos a Emilio, y Rousseau nos cuenta cómo se van los dos de París y conocen a Sofía y a su familia. Tras varias entrevistas, se plantea el matrimonio: Sofía acepta. Pero el preceptor advierte a Emilio: debe contener su amor en los límites de la virtud y, para ello, debe abandonar a Sofía por un tiempo.

De los viajes

Esta parte brinda a Rousseau la ocasión de hacer un balance acerca de la utilidad de los viajes para conocer las costumbres de otros pueblos. Se trata de una etapa vital antes de elegir patria.

El autor desarrolla igualmente el índice de *El contrato social*. Habla sobre todo acerca de la puesta en común de los bienes y de los valores que llevará al establecimiento de un pacto social. También evoca los principios de un buen gobierno. Para terminar, Rousseau afirma que el hombre está profundamente vinculado a los suyos y está hecho para vivir entre ellos: «Tus compatriotas te protegieron siendo niño, y tú debes amarlos siendo hombre. Tienes que vivir entre ellos» (Rousseau 1985, 518).

Rousseau termina hablando acerca del lugar que Emilio y Sofía escogen para vivir y acerca de su matrimonio. Le da unos últimos consejos a Emilio, que le informa de que pronto se convertirá en padre.

PUNTOS DESTACADOS

EL MOVIMIENTO DE LA ILUSTRACIÓN

La obra de Rousseau se inscribe en el movimiento de la Ilustración, que recorre toda Europa en el siglo XVIII y que se caracteriza por un esfuerzo por entender el mundo tomando solo como base la razón. De ahí deriva un profundo replanteamiento de todos los aspectos de la sociedad: en Francia, numerosos autores como Montesquieu (1689-1755), Voltaire (1694-1778), Rousseau o Diderot (1713-1784) critican la sociedad de su época desde un punto de vista económico, religioso, político, social, educativo, etc. Por ejemplo, reconocen la existencia de Dios, pero critican al clero y a la Iglesia; se muestran favorables a la monarquía, pero quieren que muestre más respeto por las libertades individuales, etc. En líneas generales, aquellos a los que llamamos filósofos ilustrados desconfían de los argumentos autoritarios y de los dogmas religiosos, predican los valores de la tolerancia, de la libertad y de la igualdad, y defienden la idea de progreso en todos los ámbitos (saber, civilización, moral, etc.).

A partir de mediados de siglo, el movimiento toma impulso y surgen grandes iniciativas cuyo objetivo es la difusión del saber. La más célebre es, sin duda, la *Enciclopedia* de d'Alembert y Diderot (1751-1772), que recoge todos los conocimientos de la época. Sin embargo, los pensadores ilustrados tienen que enfrentarse a la oposición de las autoridades civiles y religiosas, que no acaban de aceptar este replanteamiento y utilizan la censura para protegerse de él. Esto no impide la difusión de las ideas por otros medios: algunos las desarrollan en novelas, como Rousseau (*Julia, o la nueva Eloísa*, 1761), Daniel Defoe (*Robinson Crusoe*, 1719) y Swift (*Los viajes de Gulliver*, edición completa en 1735); otros prefieren la prensa, las academias, los cafés, los salones o las logias masónicas.

Este movimiento general de replanteamiento presagia las revueltas políticas, sociales y culturales de finales del siglo XVIII y del siglo XIX que se producirán en Francia, en Europa e, incluso, en América.

LA CRÍTICA DE EMILIO

Poco después de que los teólogos de la Sorbona condenasen su obra, Rousseau intenta defender sus ideas en una *Carta a Christophe de Beaumont, arzobispo de París* (1763). Pero el fiscal de Ginebra, Tronchin, también condena su obra, en particular sus ideas religiosas. La controversia empieza a adquirir más relevancia: Rousseau replica con sus *Cartas escritas desde la montaña* (1764), en las que detalla aún más sus posturas políticas. Sin embargo, estas se prohíben en La Haya y en París.

Expulsado de Suiza, Rousseau se va a Inglaterra antes de volver a Francia para escribir una continuación de su tratado de educación, *Emilio y Sofía o los solitarios*. Esta novela, que se presenta en forma de cartas que Emilio escribe a su preceptor, trata los acontecimientos felices (nacimiento) y trágicos (muerte de un niño, traición y fallecimiento de Sofía) que siguen a su boda. Este libro inacabado se publica dos años después de la muerte de Rousseau, y provoca que detractores y defensores del filósofo se enfrenten de nuevo.

CLAVES DE LECTURA

LA PEDAGOGÍA DE ROUSSEAU

Historia de la pedagogía

Rousseau no es el primer autor que muestra interés por la pedagogía. Ya desde la Antigüedad, ha habido pensadores que se han preocupado por esta cuestión. En Grecia, Sócrates (filósofo griego, 469-399 a. C.) utiliza la mayéutica, un método sobre los conocimientos que permite aprender de manera autónoma. Más tarde, su discípulo Platón (filósofo griego, 427-347 a. C.) propone una educación basada en la virtud, en sintonía con la naturaleza. En Roma, Quintiliano (retórico latino, 30-96 d. C.), en *Instituciones oratorias*, expone la educación del hijo desde su nacimiento hasta el aprendizaje de la retórica, y detalla los ejercicios y lecturas necesarios para su formación. Por otra parte, Juvenal (poeta latino, 90-127) recalca la importancia de educar a la vez el cuerpo y el alma, preconizando el *mens sana in corpore sano* («una mente sana en un cuerpo sano»), un principio que Rousseau explota en *Emilio* (necesidad de formar el cuerpo, Rousseau 1985, 131).

A lo largo de la Edad Media, las universidades aplican la escolástica. Se trata de una doctrina que intenta conciliar la teología de los padres de la Iglesia (autores considerados referencias tan importantes como la Biblia) con teorías de autores griegos antiguos, sobre todo de Aristóteles (filósofo griego, 384-322 a. C.). El objetivo es acercar la fe y la razón. Cuando llega el Renacimiento, los autores cuestionan esta pedagogía y proponen otros modelos que vuelven a situar al hombre en el centro de la educación. El humanista Erasmo (1469-1536) desarrolla una educación en la que se pretende que el hombre se vuelva humano, enseñándole el dominio de las lenguas y siempre conciliando el saber antiguo con la filosofía cristiana. Rabelais (1494-1553) se inclina más bien por una cultura universal: el objetivo es conocer todos los saberes. Por su parte, Montaigne (1533-1592) afirma que se requiere una cabeza bien amueblada más que una bien repleta. Quiere ante todo una educación práctica, basada en la observación, que ayude al hombre en su futuro.

Es obvio que las teorías de algunos autores como Sócrates, Platón o Montaigne han influido a Rousseau. Pero este último también cita en varias ocasiones a Plutarco (escritor griego, 50-125) o utiliza ejemplos extraídos de sus obras. En líneas generales, hace muchas referencias a fuentes y ejemplos de la Antigüedad (podemos citar a Catón y a Pitágoras), del Renacimiento o de épocas más recientes (John Locke y Montesquieu), y en esas citas habla de personajes reales (Turena) o ficticios (Robinson Crusoe, Juno o Helena). Los autores de estas referencias son tanto pensadores políticos (Thomas Hobbes), como poetas (Tasio) o religiosos (Fénelon). Por lo tanto, acude a fuentes variadas.

Una educación en sintonía con la naturaleza y con las necesidades del niño

Rousseau se propone elaborar una especie de manual de instrucciones de la educación para ayudar a las madres preocupadas por el porvenir de sus hijos. Declara: «A pesar de tantos escritos que se dice no tienen otro objetivo que la utilidad pública, la primera de todas las utilidades, que es el arte de formar hombres, está todavía olvidada» (Rousseau 1985, 31-32).

Partiendo de sus observaciones (Rousseau ha sido preceptor en varias ocasiones), el autor estudia al niño hasta en el más mínimo detalle hasta llegar a proponer un modelo que él considera ideal. Para ilustrar mejor sus ideas, nos presenta a dos personajes imaginarios: Emilio, el niño «cobaya» de este tratado, y su preceptor, bajo el que se esconde el propio Rousseau. Se explicita muy claramente esta decisión:

> «Sé que, en las empresas semejantes a ésta, el autor, siempre a su conveniencia, en los sistemas que él está autorizado a poner en práctica, da sin esfuerzo copia de bellos preceptos imposibles de seguir [...]. Por eso he tomado la determinación de escoger a un alumno imaginario y a suponer que poseo la edad, la salud, los conocimientos y todo el talento que conviene para pre-parar su educación» (Rousseau 1985, 52).

El autor define la educación que propone como negativa: «Consiste, no en enseñar la virtud ni la verdad, sino en defender al corazón del vicio y del espíritu del error» (Rousseau 1985, 101). Esta educación es limitada en lo que respecta a los contactos sociales: Emilio es huérfano, pasa toda su infancia en el campo, principalmente acompañado por su preceptor, y tiene una relación escasa con los demás (sirvientes, otros niños o adultos).

Para Rousseau, la educación:

- debe alejar al alumno de todas las malas influencias (en

especial en las ciudades) y debe frenar los aprendizajes, es decir, respetar el ritmo de aprendizaje del niño para evitar que retenga errores o comportamientos inadaptados porque no estaba preparado para entenderlos;
- otorga un lugar importante para el desarrollo espontáneo. La naturaleza debe ser el primer modelos para los niños (tanto Emilio como Sofía son «alumno[s] de la naturaleza», Rousseau 1985, 133);
- tiende a favorecer el desarrollo de los sentidos antes que el intelectual («La primera razón del hombre es una razón sensitiva; es la que sirve de base a la razón intelectual», Rousseau 1985,140);
- deja que el niño adquiera conocimientos y se forme su propia opinión a través de su experiencia, puesto que «obligado a aprender por sí mismo, hace uso de su razón, y no de la ajena» (Rousseau 1985, 231). Por lo tanto, no se educa a través de los libros, sino por medio de los objetos.

La educación se basa esencialmente en la naturaleza, sinónimo de pureza de las costumbres y de equilibrio, y está en sintonía con las necesidades del niño. Rousseau distingue diferentes etapas de aprendizaje («Tratad a vuestro alumno conforme a la edad», Rousseau 1985, 98) que no hay que saltarse:

- entre 0 y 2 años (infancia), Rousseau insiste principalmente en el papel de los padres y en el hecho de que, mucho antes de hablar, el niño ya está aprendiendo;
- de 2 a 12 años (niñez), la educación trata sobre todo acerca de la sensibilidad. El niño no debe exigir sus deseos; solo hay que proporcionarle lo que sea útil para él. También

es conveniente darle una gran libertad, sobre todo en la vestimenta, y no acostumbrarle al lujo (debe fortalecerse soportando el frío). En líneas generales, Rousseau predica una educación basada en los sentidos y critica que se recurra a la palabra, a la historia y a las fábulas, puesto que considera que no están adaptadas a la mente del niño (este todavía no ha desarrollado la razón y no puede entender todas las sutilezas). El autor también recomienda los ejercicios físicos, principios higiénicos básicos, y el aprendizaje a través de experimentos, juegos y desafíos en un marco natural. Pero el aprendizaje también tiene que ver con la moral: mediante ejemplos concretos, el niño deberá asimilar conceptos como la propiedad y el respeto del trabajo ajeno (construyendo un pequeño jardín, por ejemplo), la verdad y la caridad;

- de 12 a 15 años (preadolescencia), la educación se centra más en los ámbitos intelectual, manual y social. Primero, el preadolescente aprende a ejercer su razón mediante experimentos (construye máquinas) en todo lo que respecta al cielo y la tierra. A continuación, tiene que aprender una profesión: es necesario tener un oficio para ser libre y no depender de los demás;
- entre 15 y 20 años (adolescencia), se estudian dos temas: el ser moral y la religión. En lo que respecta al primer punto, por una parte, hay que abordar la educación sexual y el descubrimiento de las pasiones; por otra parte, el joven adulto aprende la sociabilidad a través de la pena (los hombres se acercan en sus miserias);
- de 20 a 25 años (la adultez) se trata sobre todo de aprender la sabiduría en materia de amor y de matrimonio, y también de adquirir conocimientos políticos con los

viajes.

EL HOMBRE, LA NATURALEZA Y LA SOCIEDAD EN ROUSSEAU

El mito del buen salvaje

El mito del buen salvaje corresponde a la idealización que algunos autores (sobre todo en Montaigne y Diderot) hacen de la vida en comunión con la naturaleza. De hecho, critican a los pueblos europeos, que se consideran superiores, pero también censuran el progreso, que desnaturaliza al hombre. Se basan en los relatos de viajes de los siglos XVI y XVII: ven en el Nuevo Mundo un lugar puro y virgen donde reina la felicidad y donde el hombre es bueno por naturaleza («No hay perversidad original en el corazón humano», Rousseau 1985, 97).

En la obra de Rousseau, encontramos varios elementos que certifican la presencia de este mito:

- propone una educación basada en la naturaleza, como acabamos de ver;
- rechaza el lujo, que es contrario a la naturaleza;
- hace referencia a los relatos de viajes y los toma como ejemplos, sobre todo, Robinson Crusoe;
- convierte el campo en un lugar sencillo y considera que la agricultura es el primer arte que el hombre debe practicar.

En resumen, para Rousseau, la sociedad es responsable de la depravación y de la perversión de los hombres. Sin embargo, no reniega totalmente de la sociedad: es necesaria para el hombre, que ante todo es un ser social: «[...] para vivir con los hombres, debe conocerlos» (Rousseau 1985, 357). Esto le permitirá insertar más adelante sus opiniones acerca del modelo ideal de sociedad, a través de los elementos de *El contrato social*.

Principios políticos: el contrato social

La última parte del libro V de *Emilio*, llamado *De los viajes*, es en realidad una oportunidad que Rousseau aprovecha para desarrollar sus ideas políticas, sobre todo abordando la noción de derecho.

Su reflexión se divide en cuatro partes:

- primero, critica la obra *El espíritu de las leyes* (1748), de Montesquieu, a quien reprocha que mezcle las condiciones climáticas, las tradiciones y las leyes;
- a continuación, expone los principales ejes de *El contrato social*. Primeramente nos dice que el derecho no puede basarse ni en el hecho (fuerza o naturaleza), ni en un contrato de sumisión, puesto que eso equivaldría a la ley del más fuerte o a la esclavitud. En segundo lugar, el contrato social, expresión de la «voluntad general» (Rousseau 1985, 537), se convierte para él en un elemento fundador del pueblo: sin este contrato, el pueblo no puede vivir en sociedad y tampoco puede crear leyes. En tercer lugar, distingue las distintas formas de gobierno y sus características;
- para acabar, Rousseau define las características de un buen gobierno y concluye hablando del deber de patrio-

tismo, por el que, considera, la naturaleza obliga a los hombres a vivir y a amar el lugar en el que nacen.

Además, Rousseau también presenta su rechazo a la propiedad («El demonio de la propiedad infecta todo lo que toca», Rousseau 1985, 425): prefiere la puesta en común de los bienes.

Ideas religiosas: Dios está en todas partes

Este tratado sobre la educación revela también los conceptos religiosos del autor a través de la *Profesión de fe del vicario saboyano*, donde Rousseau presenta ideas opuestas a las de su época que están en la raíz, de hecho, de las numerosas controversias que se generan en torno a *Emilio*. Rousseau defiende una religión natural basada en el panteísmo. Según esta teoría, Dios está en todo lo que existe: «Percibo a Dios por doquier en sus obras; yo lo siento en mí, siempre en torno mío» (Rousseau 1985, 318). Critica a los curas, a los que considera unos impostores, pero también hace un elogio de una religión cercana y accesible para todo el mundo: «El culto que pide Dios es del corazón» (Rousseau 1985, 339).

PISTAS PARA LA REFLEXIÓN

ALGUNAS PREGUNTAS PARA PROFUNDIZAR EN SU REFLEXIÓN...

- Compare los preceptos educativos de Montaigne (sobre todo, el capítulo 26, *De la institución de los niños*, del libro I de los *Ensayos*) con los de Rousseau. ¿Qué puntos tienen en común y en qué divergen estos dos autores?
- Rousseau puede considerarse un precursor por algunas de sus ideas políticas, literarias y sociales. ¿Cuáles? Cite los extractos.
- ¿En qué medida pueden relacionarse las otras obras de Rousseau, como *Discurso sobre el origen y los fundamentos de la desigualdad entre los hombres* (1775) o *El contrato social* (1762), con *Emilio, o de la educación*? Justifique su respuesta.
- Rousseau dice: «El hombre es naturalmente bueno [...], la sociedad deprava y pervierte a los hombres» (Rousseau 1985, 271). Explique el significado de esta frase. ¿Por qué puede ser considerada un resumen de todo el pensamiento de Rousseau?
- ¿Cuáles son las posibles consecuencias de las ideas de Rousseau en los ámbitos educativo, religioso, político y social? ¿Existen ejemplos históricos que lo confirman?
- ¿Cuál es el origen del mito del buen salvaje desarrollado por Rousseau? ¿Puede citar otros ejemplos?
- ¿Por qué se inscribe a Rousseau en el movimiento ilustrado? Justifique su respuesta.
- Rousseau afirma que «el único medio de evitar el error es la ignorancia» (Rousseau 1985, 235). ¿Qué opina usted?

- ¿Qué imagen nos ofrece Rousseau de la naturaleza?
- ¿Qué diferencia(s) establece Rousseau entre la educación de las chicas y de los chicos? ¿Cómo las justifica?

¡Su opinión nos interesa!
¡Deje un comentario en la página web de su librería en línea,
y comparta sus favoritos en las redes sociales!

PARA IR MÁS ALLÁ

EDICIÓN DE REFERENCIA

- Rousseau, Jean-Jacques. 1985. *Emilio, o de la educación.* Traducido por Luis Aguirre Prado. Buenos Aires: EDAF. E-book en PDF.

ESTUDIOS DE REFERENCIA

- Fabre, Michel. 1999. *Jean-Jacques Rousseau, une fiction théorique éducative.* París: Hachette.
- Howlett, Marc-Vincent. 1989. *Jean-Jacques Rousseau. L'homme qui croyait en l'homme.* París: Gallimard.
- Trousson, Raymond. 1989. *Jean-Jacques Rousseau.* París: Tallandier.
- Vargas, Yves. 1995. *Introduction à l'Émile de Rousseau.* París: PUF.

EN RESUMENEXPRESS.COM

- Guía de lectura de *Ensoñaciones del paseante solitario* de Jean-Jacques Rousseau.
- Guía de lectura de *Profesión de fe del vicario saboyano* de Jean-Jacques Rousseau.